Bienvenue
dans le monde des

Téa Sisters

ALBIN MICHEL JEUNESSE

Salut, c'est Téa, la sœur de Geronimo Stilton ! Je suis envoyée spéciale de « l'Écho du rongeur », le journal le plus célèbre de l'île des Souris. J'adore les voyages et j'aime rencontrer des gens du monde entier, comme les Téa Sisters. Ce sont cinq amies vraiment épatantes. Je vous les présente !

Colette a une vraie passion pour le rose et c'est la fille la plus *fashion* du groupe. Toujours occupée à soigner son look, elle est sans cesse en retard !

Violet aime étudier et découvrir sans cesse de nouvelles choses. Elle aime la musique classique et rêve de devenir une grande violoniste !

Pamela mangerait sa pizza adorée même au petit déjeuner. C'est une mécanicienne accomplie. Donnez-lui un tournevis et elle vous réparera n'importe quel moteur!

PAULINA est un peu timide et brouillonne, mais aussi très altruiste. Comme elle aime voyager, elle connaît des gens de tous les pays.

Nicky est passionnée d'écologie et de nature. Elle vient d'Australie et aime la vie au grand air. Elle ne tient pas en place!

Texte de Téa Stilton.
*Basé sur une idée originale d'*Elisabetta Dami.
*Coordination des textes d'*Alessandra Berello *(Atlantyca S.p.A.)*.
Sujet de Flavia Barelli *(Red Whale)*.
Supervision des textes de Carolina Capria *et* Mariella Martucci.
Coordination éditoriale de Patrizia Puricelli.
Édition de Daniela Finistauri.
Coordination artistique de Flavio Ferron.
Assistance artistique de Tommaso Valsecchi.
Couverture de Giuseppe Facciotto.
Illustrations intérieures de Barbara Pellizzari *(dessins) et* Francesco Castelli *(couleurs)*.
Graphisme de Yuko Egusa.
Cartes : Archives Piemme.
Traduction de Béatrice Didiot.

www.geronimostilton.com

Pour l'édition originale :
© 2011, Edizioni Piemme S.p.A. – Via Tiziano, 32 – 20145 Milan, Italie
sous le titre *Un sogno sul ghiaccio per Colette*
International rights © Atlantyca S.p.A. – Via Leopardi, 8 – 20123 Milan, Italie
www.atlantyca.com – contact : foreignrights@atlantyca.it
Pour l'édition française :
© 2012, Albin Michel Jeunesse – 22, rue Huyghens, 75014 Paris
www.albin-michel.fr
Loi 49-956 du 16 juillet 1949 sur les publications destinées à la jeunesse
Dépôt légal : second semestre 2012
Numéro d'édition : 20109
Isbn-13 : 978 2 226 24243 3
Imprimé en France par Pollina s.a. en août 2012 - L61065

UNE PRINCESSE SUR LA GLACE

ALBIN MICHEL JEUNESSE

AMBIANCE HIVERNALE

Cette année-là, l'hiver sévissait sans répit sur l'île des Baleines.

De lourds **NUAGES** compacts remplissaient le ciel, et le **FROID** était devenu si mordant qu'au cours des derniers jours les étudiants de Raxford n'avaient pas mis le nez hors du collège de peur qu'il **GÈLE** !

Sacrifier toutes les activités de plein air ne voulait cependant pas dire renoncer à être ensemble !

De fait, les Téa Sisters s'étaient immédiatement organisées pour transformer le local du **Club des Lézards noirs**

en une confortable salle d'étude : travailler à plusieurs était bien plus AMUSANT que tout seul, et les longues journées de la morte-saison passaient bien plus vite en compagnie des autres.

La seule élève à ne pas s'être laissée intimider par le **TEMPS** était Nicky :

– Vous ne comptez quand même pas rester enfermées ici jusqu'au **PRINTEMPS** ! déclara-t-elle à ses amies en nouant les lacets

de ses chaussures de footing. Je sors **courir** un peu : ce ne sont pas ces températures frisquettes qui m'arrêteront !

Peu après, elle s'en revint auprès de ses **camarades**, porteuse d'une grande nouvelle.

– Hé, les **FILLES** ! appela-t-elle en ouvrant grand la porte du club.

Les quatre autres Téa Sisters se retournèrent, étonnées. Nicky baissa alors l'écharpe qui couvrait sa bouche et s'exclama :

– IL NEIGE !

BATAILLES DANS LA NEIGE !

En un clin d'œil, les étudiants se précipitèrent dans le jardin de Raxford pour profiter de la neige.

– Prends ça ! cria Nicky en s'esclaffant gaiement. La **BOULE** qu'elle venait de lancer percuta l'épaule de Craig.

– **TOUCHÉ !** Tope-là, sœurette ! commenta Pam, hilare, tandis qu'un peu plus loin Violet, Colette et Paulina finissaient de construire un imposant **BONHOMME** de neige.

– Qu'en dites-vous ? s'enquit Paulina en posant un petit **CAILLOU** à la pointe du nez du personnage pour achever son visage.

– Mmmh… murmura Colette, il manque encore quelque chose, non ?

– Tu trouves ? Moi, je ne dirais pas… répondit Violet en **EXAMINANT** leur création.

– Mais bien sûr ! l'interrompit net Colette. Voici ce qu'il lui faut : un soupçon de ROSE !

Ce disant, elle retira sa moelleuse écharpe de laine et la NOUA autour du cou du bonhomme. Lorsqu'il commença à faire sombre et que les flocons se mirent à tomber encore plus **DENSES**, les Téa Sisters se décidèrent finalement à rentrer.

Après avoir retrouvé la douce CHALEUR du collège, Colette eut une grande idée :

– Hé, les filles, que diriez-vous d'un bon CHOCOLAT brûlant ?

– Ouiii ! s'exclamèrent ses amies à l'unisson.

Moins d'une heure plus tard, les cinq pensionnaires se retrouvaient dans la chambre de Pam et de Colette, une tasse fumante à la main et de nombreux **biscuits** à leur disposition.

Contemplant la neige qui tombait drue de l'autre côté de la fenêtre, Paulina observa :

– Je suis certaine que cette nuit il GÈLERA.

Après avoir avalé une gorgée de sa boisson, elle ajouta avec un petit **SOURIRE** :

– Savez-vous ce que cela signifie ?

MES PAUVRES CHEVEUX...

– Évidemment ! répondit Colette sans hésitation. Ça veut dire que je devrai m'appliquer une triple dose d'**APRÈS-SHAMPOING** pour éviter que le froid n'abîme mes cheveux !

– Pour moi, c'est le signal que je dois courir verser de l'antigel dans le moteur de mon

OUUPS !

████ ████████, sans quoi il ne démarrera plus ! intervint Pam.

– Quant à moi, je vais devoir renoncer à mon jogging quotidien de peur de *glisser* sur les chemins verglacés ! constata Nicky en se renfrognant.

– Avec un tel écart de température, mon violon va se désaccorder ! soupira Violet, ENNUYÉE.

– À vrai dire… répliqua Paulina, amusée, je songeais à tout autre chose…

Les Téa Sisters échangèrent un regard INTRIGUÉ.

– À quoi donc ? demandèrent-elles en chœur.

– J'ai pensé… les fit-elle d'abord languir en prenant un air mystérieux… que demain nous pourrons aller patiner sur la glace ! finit-elle par claironner joyeusement.

TOUS EN PISTE !

Paulina ne s'était pas trompée : cette nuit-là, la température **DÉGRINGOLA**.

Le lendemain matin, le collège était couvert d'un blanc manteau **GIVRÉ**. Le recteur Octave Encyclopédique de Ratis chargea Isidore Rondouillard, l'homme à tout faire du collège, d'aller vérifier si la glace du petit **LAC** situé près des terrains de sport était assez **ÉPAISSE** pour y patiner en toute sécurité.

L'après-midi même, après l'inspection d'Isidore, les étudiants de Raxford s'**ÉLANCÈRENT**, lames aux pieds, sur l'étendue d'eau gelée.

– Allez, les amis ! Prenez la pose ! dit Elly, prête

à immortaliser un moment qui revêtait pour elle une signification **PARTICULIÈRE**.

Sur le bord de la piste se tenaient, en effet, non seulement ses camarades, mais aussi Marina, sa petite sœur, venue s'amuser sur le lac en sa compagnie.

ADMIREZ MA NOUVELLE DOUDOUNE!

– Hé! Mais où est passée Vanilla? demanda la jeune fille après avoir pris la **PHOTO**.

– Je suis là! répondit sa camarade en surgissant dans son dos. J'attendais la **doudoune** que ma mère a fait faire exprès pour moi!

Paradant dans sa nouvelle parka *verte*, incrustée de volutes de strass rose qui formaient les lettres de son prénom, elle plastronna:

– N'est-elle pas sublime?

Tandis que Vanilla *virevoltait* sur la glace pour permettre à tous d'admirer sa tenue, Elly continuait à fixer les plus *MÉMORABLES* instants de cette demi-journée.

Pam et Shen furent les premiers à attirer son attention. Comme tous deux chaussaient des patins pour la première fois, ils gesticulaient **GAUCHEMENT** pour tenter de ne pas perdre l'équilibre… Sans grand résultat !

– *ÉCARTEZ-VOUS !*

hurla Craig.

Se poussant juste à temps, Elly manqua d'être renversée par le jeune homme, qui disputait une partie de **HOCKEY** avec Nicky. Les deux adversaires étaient si absorbés par leur jeu qu'ils ne s'aperçurent même pas qu'elle les photographiait !

Finalement, les clichés dont Elly fut le plus **SATISFAITE** furent ceux de Marina. De fait, sa cadette, qui faisait ses premiers PAS sur des lames, s'était trouvé une monitrice particulièrement DOUCE et **PATIENTE** en la personne de Colette.

UNE INVITÉE INATTENDUE

– Lance-toi, Marina ! l'encouragea Violet.

– Tu te **DÉBROUILLES** très bien ! renchérit Paulina.
Après avoir patiné un moment, les deux amies
s'étaient rapprochées d'Elly au bord de la piste.
Elles OBSERVAIENT avec attendrisse-
ment les progrès de la fillette, lorsque, derrière
elles, une voix féminine se fit entendre :

– E-euhm… Excusez-moi, mesdemoiselles,
pourrais-je passer ? J'aimerais m'exercer un peu.
Violet et Paulina sursautèrent : elles connaissaient parfaitement cette voix, mais… était-ce
bien elle ?!

– Madame Ratcliff ? s'exclamèrent-elles en se retournant, étonnées de découvrir leur professeur de lettres en tenue de **SPORT**.

Et elle n'était pas la seule enseignante à avoir eu l'idée de se joindre aux étudiants : juste après elle, Bartholomé Delétincelle et Ratilde Maribran s'élancèrent sur la **GLACE** !

Mais la vraie **SURPRISE** fut l'apparition de

mademoiselle Plié en compagnie d'une invitée inattendue.

– Mais, c'est... Museth Ratner ! s'écria Violet en reconnaissant au premier regard la célèbre CHAMPIONNE de patinage artistique.

Sans perdre une seconde, les Téa Sisters se rendirent auprès d'elles.

– PROFESSEUR, nous ignorions que vous

C'EST TRÈS BIEN !

connaissiez mademoiselle Ratner ! s'émerveilla Paulina.

– Appelez-moi Museth ! intervint la jeune femme. Votre enseignante est, pour moi, bien plus qu'une simple connaissance. Sans son aide, je ne serais jamais parvenue à un tel niveau de COMPÉTITION !

Rosalyn Plié expliqua alors que la célèbre sportive – et ancienne élève de son cours de danse –

VOUS ÊTES... MUSETH !

ELLE A ÉTÉ MON ÉLÈVE !

lui avait demandé d'assurer sa préparation *artistique* pour les derniers championnats mondiaux de patinage.

Toutes deux étaient ensuite devenues très **proches**, si bien que Museth avait décidé de faire à Rosalyn la surprise de venir la voir sur l'île des Baleines.

Tandis que le professeur Plié discutait avec ses étudiantes, la championne fut soudain **INTÉRESSÉE** par ce qui se passait sur la piste.

– Cette fille est vraiment douée! Vous la connaissez? demanda-t-elle.

– On ne peut mieux! répondit Violet en **SOURIANT** fièrement. C'est notre amie Colette!

RONDE SUR LA GLACE

Frappée par la GRÂCE et l'*élégance* des mouvements de Colette, Museth enfila ses patins et s'approcha de la jeune fille pour la féliciter.

– Merci ! répondit Colette en ROUGISSANT. Mais je ne suis qu'une débutante !

– Museth, sais-tu que Colette réussit aussi la fameuse *pirouette* où l'on tient son pied dans la main ? dit alors Marina.

– Vraiment ? s'extasia la championne. Allons, Colette, essayons de l'exécuter ensemble !

Sous les yeux admiratifs de tous les présents, Colette et Museth rejoignirent ainsi le centre de la PISTE pour réaliser de manière parfaitement synchronisée la figure en question.

La jeune novice et la sportive de renom se mirent
à *glisser* de concert, rapidement rejointes par
tous les patineurs, des plus aguerris à ceux
évoluant sur des lames pour la première fois,
et tous formèrent bientôt une grande RONDE
sur la glace.

La seule qui refusa de participer à ce divertissement fut Vanilla, **FÂCHÉE** de ne plus se trouver au centre de l'attention. Restée à l'écart,
elle réfléchit à un moyen de se faire à nouveau
REMARQUER.

«Mais bien sûr! se dit-elle au bout d'un moment. Je vais faire voir à Museth Ratner qui est la vraie star de la glace à Raxford!»

La jeune fille prit son élan et se **rua** sur la piste, brisant la ronde et faisant tomber Pam, qui manquait encore d'**expérience**.

Étant parvenue à ramener tous les regards à elle, Vanilla enchaîna une série de **PIROUETTES**.

QUEL CULOT!

POUSSEZ-VOUS ET REGARDEZ CE QUE JE SAIS FAIRE!

ÇA NE SE FAIT PAS!

– Ah, non! Ça ne se fait pas! protesta Museth, contrariée.

Après avoir rejoint la jeune frondeuse, elle l'avertit que le fait d'être particulièrement **DOUÉE** ne l'autorisait pas à s'accaparer l'espace de manière aussi **ARROGANTE**!

– Eh bien, si vous ne savez pas apprécier ceux qui savent *vraiment* patiner, reprenez-le donc votre précieux espace! répliqua Vanilla d'un air **DÉDAIGNEUX**.

Puis, s'éloignant en compagnie de ses amies, elle marmonna :

GRRR!

– De toute façon, j'en avais **ASSEZ** de glisser parmi des amateurs…

Lorsque Vanilla fut partie, Museth gagna le milieu de la

piste et, un grand **SOURIRE** aux lèvres, s'enquit d'une voix claire :

– Alors, où en étions-nous ?

UNE IDÉE FANTASOURISTIQUE !

– Quelle journée *ASSOURISSANTE* ! s'exclama Pam en rentrant au collège en compagnie des autres Téa Sisters et de leurs amis. Si j'avais su que le patinage était aussi *amusant*, j'aurais essayé plus tôt !

– Et moi, si j'avais su que ça creusait autant, j'aurais apporté un *SANDWICH* ! ajouta Craig.

– Enfin, vous vous rendez compte, j'ai glissé sur la glace à côté de Museth Ratner ! s'extasia Colette, encore tout émue. C'est une sportive exceptionnelle, mais surtout… elle est extrêmement **SYMPATHIQUE** !

Sur ce point, tous étaient d'accord : ce qui rendait Museth si **PARTICULIÈRE**, ce n'était pas ses médailles, mais sa gentillesse et sa disponibilité.

– Ce serait bien de trouver un moyen de la remercier et de lui exprimer combien nous avons *apprécié* sa présence, dit Violet.

– J'y suis ! Emmenons-la **dîner** ! suggéra Craig tout à trac.

– Là, ce n'est pas toi mais ton estomac qui parle ! le taquina Paulina.

– S'agissant de Museth, il faudrait imaginer quelque chose de vraiment **SPÉCIAL** ! commenta Colette.

– Mais bien sûr ! s'écria Nicky. Comment n'y avons-nous pas pensé plus tôt ? Nous pourrions organiser des *JEUX D'HIVER* en son honneur ! Emportés par leur **ENTHOUSIASME**, les jeunes gens ne s'étaient pas aperçus de l'arrivée du professeur Plié et de la championne.

– Ai-je bien entendu ? s'enquit la patineuse en s'approchant du groupe. Vous voulez monter une compétition de sports de neige et de glace ? C'est vraiment une excellente **IDÉE** !

Museth, **GALVANISÉE** par la suggestion des étudiants, décida de se faire leur porte-parole et se rendit, séance tenante, auprès du recteur de Ratis pour lui demander son

AUTORISATION. Quelques minutes plus tard, toute la compagnie se retrouva devant la porte du bureau du chef de l'établissement, attendant **ANXIEUSEMENT** de savoir si ce projet pourrait oui ou non se concrétiser. Museth sortit enfin de la salle, l'air **RADIEUX**.

– Chers élèves, je suis fière de vous annoncer que le collège de Raxford accueillera bientôt ses premiers *JEUX D'HIVER* !

QUE LES PRÉPARATIFS COMMENCENT!

L'idée de Jeux d'hiver avait immédiatement conquis tout le collège, mais mettre au point un tel événement était loin d'être simple. Il y avait d'**INNOMBRABLES** choses à faire et donc pas de temps à perdre! Le lendemain après la fin des cours, les étudiants se donnèrent rendez-vous dans la salle de rédaction du **JOURNAL**, choisie à l'unanimité comme siège du comité chargé de préparer la compétition.

Ils se **DIVISÈRENT** en groupes et se mirent au travail : il fallait imaginer le graphisme de la communication, enregistrer les inscriptions, distribuer les billets, organiser les rencontres…

– OK, on y est ! déclara Violet en rebouchant son **FEUTRE**.

Les Téa Sisters contemplèrent le grand tableau sur lequel elles venaient de finir d'établir le **calendrier** des épreuves. Le choix des disciplines avait fait l'objet d'un vote, chacun étant prié d'indiquer quels **sports d'hiver**

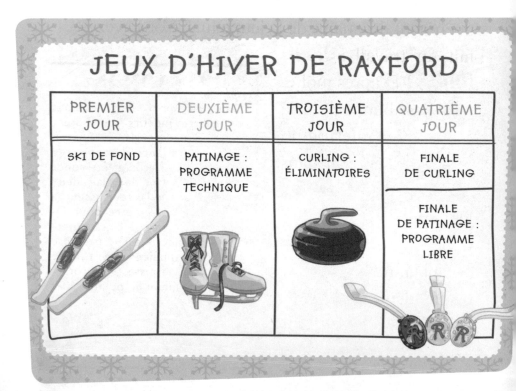

JEUX D'HIVER DE RAXFORD

PREMIER JOUR	DEUXIÈME JOUR	TROISIÈME JOUR	QUATRIÈME JOUR
SKI DE FOND	PATINAGE : PROGRAMME TECHNIQUE	CURLING : ÉLIMINATOIRES	FINALE DE CURLING
			FINALE DE PATINAGE : PROGRAMME LIBRE

il préférait. Ainsi avaient finalement été plébiscités le PATINAGE artistique, le SKI de fond et le **CURLING**.

– Les filles, nous avons terminé l'AFFICHE pour les Jeux, annonça Tanja en rejoignant, en compagnie d'Elly, les Téa Sisters. Qu'en pensez-vous ?

– **WAOUH !** s'exclama Paulina en prenant le document des mains de la jeune fille. Vous avez fait un travail **FORMI-DABLE** ! D'après moi...

– Elle est bonne pour la poubelle ! l'interrompit Vanilla en entrant dans la salle de rédaction, les Vanilla Girls sur ses talons.

– Vanilla, mais enfin que dis-tu ? demanda Paméla,

LE CURLING

Dans ce sport, deux équipes de quatre joueurs s'affrontent sur une surface glacée. Chacun des joueurs lance deux pierres, à savoir deux gros galets ronds et plats. S'aidant de balais, deux coéquipiers du lanceur lissent la glace devant la pierre pour influer sur sa vitesse et sa trajectoire. L'objectif est d'atteindre une cible (appelée « tee ») située au bout de la piste et de totaliser le maximum de points.

agacée. Elly et Tanja planchent dessus depuis ce matin et…

– J'en suis désolée, la coupa sa camarade en haussant les **ÉPAULES**, mais elles ont perdu leur temps ! Leur projet ne servira à rien : d'ici peu arriveront ceux qu'a fait exécuter ma mère !

– Ta MÈRE ? demanda Violet, éberluée.

– Absolument! intervint Connie. Madame de Vissen a décidé de sponsoriser les Jeux d'hiver de Raxford, n'est-ce pas **FANTASTIQUE**?
Les cinq Téa Sisters échangèrent un regard INQUIET : elles avaient l'intuition que, derrière le soutien de Vissia de Vissen, se dissimulait autre chose…

VISSIA DE VISSEN SPONSORISE LES JEUX D'HIVER!

UN PEU DE COURAGE !

ALLÔ, MAMAN ?

– Sois tranquille, maman ! Pour moi, la VICTOIRE est dans la poche ! Aucun des autres **CONCUR-RENTS** n'est à mon niveau ! déclara, ce soir-là, Vanilla au téléphone.

Parmi les disciplines retenues pour les Jeux d'hiver, le patinage artistique était, selon Vissia de Vissen, celle susceptible d'attirer le plus grand nombre de SPECTATEURS et de *journalistes*. C'est pourquoi elle avait insisté pour que Vanilla se présente à cette épreuve. Si sa fille l'emportait, la renommée de l'entreprise familiale atteindrait des SOMMETS.

– Parfait, mon bébé en sucre ! répondit Vissia.
Maintenant, écoute-moi : prépare le
plus beau de tes **s our ir es**, car
j'ai convié des dizaines de repor-
ters à la remise des médailles !
Ne me déçois pas !

Après avoir raccroché, Vanilla
savoura par avance son
triomphe sous les flashs des
PHOTOGRAPHES,
qui l'immortaliseraient avec
son **TROPHÉE** en or.

– Cette fois, les Téa Sisters n'ont aucune chance
de me battre ! se dit-elle tout bas.

Au même moment, Colette, qui se trouvait
dans la **CHAMBRE** qu'elle partageait avec
Paméla, finissait d'arranger ses cheveux. La
jeune fille lança un regard à son reflet dans le
MIROIR et secoua la tête, affligée.

PARFAIT !

QUE FAIRE ?

– Non, non, ça ne va vraiment pas ! murmura-t-elle.

– Qu'est-ce que tu racontes ?! s'exclama Paméla, assise sur son lit, un livre à la main. *Tu es parfaite comme ça !*

– Pam, je ne parle pas de ma coiffure... répondit Colette, découragée. J'espérais qu'un BRUSHING m'aiderait à y voir plus clair, mais cette fois, ça n'a pas marché !

– Colette, ne me dis pas que tu n'as pas encore décidé si tu allais oui ou non t'inscrire à la **COMPÉTITION** de patinage ?! s'indigna Pam.

– Pourtant si ! répondit son amie en se laissant tomber sur son lit avec un grand soupir. J'aimerais y participer, mais j'ai PEUR de ne pas être à la hauteur...

Colette aimait virevolter sur la glace, mais l'idée de cette joute l'EFFRAYAIT un peu. Elle devrait non seulement passer une épreuve technique, qui comprenait toute une série de figures imposées, mais aussi concevoir une chorégraphie pour le soir de la finale !

Paméla vint s'asseoir à côté de son amie. Elle essaya de la rassurer et lui expliqua qu'il serait **DOMMAGE** de renoncer à une telle expérience.

– Tu as du **TALENT** ! Et, pour prendre ta décision, tu n'as besoin que d'une chose… acheva Pam.

– Et… de quoi ? la coupa Colette.

– D'un brin de **COURAGE** !

TU Y ARRIVERAS, COCO !

On frappa alors à la porte. C'était Elly, venue rapporter à Pam ses *notes* du cours de littérature. Avant de repartir, la jeune fille s'exclama :

– Au fait, Marina m'a priée de te donner ça, Colette.

Et elle remit une petite **ENVELOPPE** rose à la jeune fille.

POUR TOI !

À la lecture du mot qu'elle contenait, Colette resta sans voix.

Voyant l'expression RADIEUSE de son amie, Paméla ne put se retenir de demander :

– Eh, Coco, on peut savoir ce qu'elle t'a envoyé ?

Colette lui SOURIT.

– Le courage qui me manquait !

CHÈRE COLETTE,

TU ES LA MEILLEURE
MONITRICE DU MONDE!
J'AI HÂTE DE T'ENCOURAGER
LORS DE LA COMPÉTITION!

MARINA

UN CADEAU...
MÉLODIEUX

Parmi les Téa Sisters, Colette n'était pas la seule à avoir décidé de concourir aux Jeux d'hiver de Raxford. Paméla et Paulina s'étaient inscrites à l'épreuve **féminine** de **ski** de fond, tandis que Nicky avait constitué, avec Violet, Elly et Shen, une équipe de **CURLING**.

Cet après-midi-là l'entraînement avait été très **éprouvant**, si bien que Pam et Paulina rentrèrent au collège épuisées et glacées. Mais avant de se précipiter dans leur chambre pour prendre une **douche** bien chaude, elles tinrent à saluer Colette.

Elles savaient parfaitement où la trouver : dans le **GYMNASE** situé au rez-de-chaussée du collège. En effet, dès qu'elle avait un moment de liberté, la jeune fille s'y enfermait pour tenter de **PERFECTIONNER** ses mouvements.

Lorsqu'elles la rejoignirent, Colette était si

absorbée par ses exercices qu'elle ne s'aperçut pas de leur présence.

– Tu es excellente, Coco! s'émerveilla Pam en rompant le *silence*.

Se retournant toute surprise, la jeune fille s'écria :

– Oh, vous êtes ici? Merci!

Et elle courut les embrasser.

– Cela dit, ça manque un peu de... *MUSIQUE*! ajouta Paulina en sortant un **CD** de la poche de sa parka.

Pam et Paulina avaient COMPILÉ, à l'intention de leur amie, une série de morceaux pouvant servir d'accompagnement au programme qu'elle présenterait lors de l'épreuve.

– Paulina a sélectionné des mélodies assez *lentes*, se prêtant peut-être mieux au patinage artistique... précisa Pam. Mais, moi, je n'ai pas résisté à la tentation d'ajouter quelques airs plus **rapides** et rythmés!

Tandis qu'elle ÉTREIGNAIT ses camarades pour les remercier de leur cadeau-surprise, Colette vit entrer Nicky et Violet. Toutes deux avaient l'air abattu.

– Nicky ? Violet ? Quelles sont ces tristes MINES ? S'est-il passé quelque chose ?

LES FLOCONS DE NEIGE

Nicky et Violet se rapprochèrent de leurs amies.

– Non, il n'est rien arrivé de particulier, répondit Violet en s'efforçant de paraître **SEREINE**.

Colette, Paulina et Pam les connaissaient cependant trop bien pour ne pas voir que quelque chose les TRACASSAIT. En insistant un peu, elles découvrirent la raison de leur INQUIÉTUDE.

– En fait… on vient juste d'assister à l'entraînement des Invincibles… commença Nicky.

– LES INVINCIBLES? répéta Paulina en haussant les sourcils.

– Oui, c'est le nom que Craig, Vik, Ron et Tanja

ont donné à leur équipe de curling, expliqua
Violet.

— Et je vous assure qu'il leur va bien : ils sont
très **BONS** ! ajouta Nicky en soupirant.

LES INVINCIBLES

— Et alors ? S'ils sont vraiment les plus forts, eh
bien, vous, vous serez sans aucun doute... les
plus sympathiques !
Le soutien que leur prodiguèrent leurs camarades réconforta Nicky et Violet. Retrouvant

leur **ENTHOUSIASME**, elles leur proposèrent de chercher aussitôt un nom pour leur propre groupe. Il fallait qu'il soit très spécial, qu'il engendre la JOIE !

– J'ai trouvé ! s'exclama Paulina après quelques minutes de réflexion. Que dites-vous des... Flocons de neige ?

Les Téa Sisters approuvèrent sur-le-champ : c'était parfait !

– Il reste une dernière chose à régler : le choix de votre tenue ! ajouta Colette.

Détachant l'une des petites décorations de saison qui ORNAIENT le gymnase, elle proposa :

– Imaginez : des sweats bleu ciel, avec un joli cristal de neige blanc BRODÉ dessus !

Du MEILLEUR EFFET !

– C'est une idée *fantasouristique* ! s'écria Nicky.

– Ce sera très beau !

Les cinq amies échangèrent un ██████ complice, et Pam exprima ce que toutes pensaient :

– Vous voyez ! Il n'y a pas de **PROBLÈME** que les Téa Sisters ne puissent résoudre ensemble ! On forme vraiment une grande équipe !

UN CONSEIL IMPORTANT

Au cours des jours suivants, les Téa Sisters n'eurent pas le moindre instant de LIBERTÉ. Il leur fallait, d'un côté, remplir leurs obligations habituelles – aller en classe, réviser leurs cours –, de l'autre, participer à l'organisation des *JEUX D'HIVER* et s'**ENTRAÎNER** quotidiennement !

Ce matin-là, Colette, déterminée à profiter des premières heures de la journée pour répéter son programme de patinage en toute TRANQUILLITÉ, se leva très tôt. Le soleil commençait tout juste à réchauffer le paysage **ENNEIGÉ**,

DRIING !

lorsque la jeune fille, munie de ses patins, se dirigea vers le lac **GELÉ**. Parvenue tout près du but, elle s'aperçut que quelqu'un l'avait **précédée**. Sous ses yeux virevoltait avec légèreté... Museth Ratner !

VEILLANT à ne pas faire de bruit, Colette progressa doucement sur le chemin immaculé jusqu'aux abords de la piste. Les mouvements de la championne étaient d'une *beauté* absolue : elle avait l'art de faire apparaître comme simples et naturelles toutes les figures qu'elle exécutait, même les plus compliquées. Dans le silence de l'aurore, le *SIFFLEMENT* des lames sur la glace produisait comme une douce mélodie accompagnant la danse de la jeune femme.

Colette contempla ce spectacle comme hypnotisée. Lorsque Museth réalisa un SAUT d'une remarquable perfection, l'étudiante ne put se retenir d'applaudir à tout-va.

CLAP ! CLAP ! CLAP !

— Eh bien, je vois que je ne suis pas la seule à goûter la quiétude de l'aube ! s'exclama Museth. Toutes deux se mirent à bavarder et Colette confia à la grande sportive combien elle avait envie d'inclure dans son programme LIBRE le saut que celle-ci venait d'effectuer.

— Le DOUBLE AXEL ? s'extasia Museth. Ce serait fantastique et ça te vaudrait un excellent score !

— En effet, mais je ne suis pas du tout sûre d'y

arriver : jusque-là, à chacun de mes essais, je suis TOMBÉE...

La DÉCEPTION perçant dans les paroles de la jeune fille attendrit Museth. Elle décida de lui donner un précieux conseil : Colette devait s'efforcer de CROIRE en elle-même et ne pas capituler face aux **DIFFICULTÉS**. Les chutes faisaient partie de l'apprentissage, et seul un

entraînement constant lui permettrait d'aboutir aux résultats qu'elle désirait. Retirant ses *patins*, Museth raconta :

– Tu sais, j'ai bien connu une fille qui, comme toi, à la veille d'une compé-

tition importante, s'était trouvée submergée par la **CRAINTE** de ne pas être à la hauteur...
Particulièrement intéressée par cette histoire, Colette demanda fébrilement :
– Et alors, qu'a-t-elle fait ? A-t-elle RENONCÉ à passer l'épreuve ?
– Non, répondit Museth avec un joyeux sourire, je suis descendue sur la piste et... J'AI GAGNÉ !

J'AI GAGNÉ !

LE GRAND JOUR

Au terme de nombreux préparatifs et d'une longue attente, le grand jour arriva enfin : les premiers *JEUX D'HIVER* de Raxford pouvaient commencer ! L'épreuve ouvrant la manifestation était le ski de fond. Ce matin-là, sous un soleil **RESPLENDISSANT**, une foule de journalistes et de spectateurs, venus des quatre coins de l'île, s'étaient rassemblés à l'endroit d'où s'élanceraient les athlètes de la catégorie «junior *dames*». Puis concourraient leurs homologues **masculins**.

– Mesdames, messieurs, veuillez dégager la ligne de départ et reculer derrière les barrières ! hurla Isidore Rondouillard dans son PORTE-

VOIX. Et vous êtes priés de ne pas jeter de DÉTRITUS par terre !

– Euhm… Isidore ? l'interpella Octave Encyclopédique de Ratis. Inutile de CRIER comme ça : le mégaphone sert justement à amplifier le son de votre voix…

– Comment ?! beugla son employé dans l'appareil qu'il venait de tourner vers l'une des oreilles du recteur.

Tout ASSOURDI, celui-ci s'écarta pour revoir au calme son discours d'inauguration de l'ÉVÉNEMENT.

Un peu plus loin, Nicky, Violet et Colette se pressaient autour de Pam et de Paulina, qui se livraient à quelques ÉTIRE-MENTS avant de partir.

– **BONNETS ?** s'enquit Nicky.

– On les a ! répondirent-elles en chœur.

– **LUNETTES** de ski ? demanda aussitôt Violet.

– Oui !

– **PROTECTION** anti-UV ? acheva Colette.

Pam et Paulina se regardèrent en silence : voilà ce qu'elles avaient oublié !

– Je le savais ! s'exclama Colette en fouillant dans son sac, dont elle retira un flacon de **CRÈME** solaire. Que deviendriez-vous sans moi ?

MOUAIS...

Et elle se mit à APPLIQUER une épaisse couche de pommade sur le nez de ses camarades.

Entre-temps, à quelques mètres de la ligne de départ, Zoé sirotait une

TASSE de chocolat chaud en soupirant tout bas :

– Enfin, que peut-il y avoir de si amusant à sillonner toute l'île sur une paire de skis ? Beaucoup de **FATIGUE** pour rien du tout... Heureusement, moi, je ne suis que spectatrice !

– Ah, tu es là ! dit Vanilla en se précipitant vers son amie, qu'elle fit sursauter. Tiens, voici ton **DOSSARD** ! Je t'ai inscrite à l'épreuve de ski de fond !

– Quoi ?! Et pourquoi donc ? s'écria Zoé.

– Comment ça «pourquoi?» Tu n'as pas vu le nombre de *photographes* qu'a fait venir ma mère pour la compétition inaugurale ? Nous ne pouvons courir le risque que l'une des Téa Sisters gagne ! Je me chargerai d'**ÉCLIPSER** Colette dans l'épreuve de patinage artis-

TU PLAISANTES ?!?

tique, mais, toi, tu dois battre Pam et Paulina en ski de fond !

– Tu comptes donc… demander à Connie et à Alicia de se joindre à d'autres étudiants pour former une équipe de curling, afin d'EMPÊCHER les Téa Sisters de vaincre dans cette discipline aussi ?

Vanilla éclata de RIRE.

– Non, là elles peuvent bien l'emporter : le curling est un sport sans importance, dont je parie que PERSONNE ne suivra les matchs. La presse sera rivée sur nous !

PRÊTS, FEU...
PARTEZ !

Octave Encyclopédique de Ratis commença à prononcer le **DISCOURS** d'ouverture des Jeux et, comme d'habitude, son allocution promettait d'être longue.

– ... car, comme je viens de l'expliquer, la rivalité ne doit pas engendrer la **DIVISION** mais inciter à l'union...

Chacun étant persuadé que le laïus rectoral finissait là, un tonnerre d'**APPLAUDISSE-MENTS** s'éleva de la foule amassée au bord de la piste.

CLAP! CLAP! CLAP!

– Merci, mais je n'ai pas encore terminé, reprit l'orateur. Comme je vous le disais...

– Combien de temps cela va-t-il encore durer ? se désola Paulina.

– À ce rythme, ces Jeux d'hiver vont bientôt se transformer en Jeux d'été ! commenta Pam, qui patientait, avec les autres ATHLÈTES, derrière la ligne de départ.

Heureusement, juste à cet instant, le recteur conclut :

– ...je suis donc très heureux de donner le coup d'envoi des premiers Jeux d'hiver de Raxford avec l'épreuve de ski de fond, catégorie «junior dames» !

Isidore porta le mégaphone à sa bouche et brama :

– Prêts, feu... PARTEZ !

Stimulés par les cris d'encouragement du public, les concurrents bondirent d'un trait.

– Allez, Paulina ! Vas-y, Pam ! crièrent Nicky, Colette et Violet depuis les rambardes de sécurité.

– Zoé ! glapit Vanilla d'une voix stridente. Rappelle-toi que tu dois **GAGNER** !

Le parcours serpentait à travers les bois et
TRAVERSAIT une partie de l'île des
Baleines. Guère soucieuse des kilomètres
qu'elle aurait à parcourir, Zoé démarra comme
une FUSÉE, alors qu'il aurait été plus sage de
doser son EFFORT.

Au bout d'un moment, ayant largement distancé
ses adversaires, elle s'exclama, **fatiguée** :

– Bien ! On dirait que j'ai le temps de me repo-
ser un peu avant le *SPRINT* final.

Sur ces mots, la jeune fille retira ses skis et
se dirigea vers une clairière à
l'écart. Là, elle s'effondra sur
le tronc d'un ARBRE
déraciné.

QUELLE FATIGUE !

Pam et Paulina, elles,
prenaient part à
l'épreuve sans penser
à la victoire, mais

en cherchant à s'*AMUSER* et à profiter au maximum de cette magnifique journée. Progressant à enjambées régulières et se soutenant l'une l'autre, elles parvinrent à se placer parmi les *premières*.

Comme, de là où elle était assise, Zoé ne voyait pas la piste, elle ne s'était pas aperçue du passage des autres **skieuses**, jusqu'au moment où...

Tiguidiguiding! **Tiguidiguiding!** Tiguidiguiding!

COURAGE, PAM!

– Oui, Vanilla ? dit-elle en répondant à son portable. Où je me trouve ? Euh... où veux-tu que je sois ? Oui, bien sûr que je suis en tête...
Après avoir menti à Vanilla, la jeune fille se **hâta** de reprendre le cours de la compétition, mais, au bout de quelques mètres, elle comprit qu'elle était désormais trop loin derrière les autres pour espérer les RATTRAPER.
«Il faut que je trouve un RACCOURCI !» songea-t-elle.
Elle était convaincue de réussir à se rapprocher de l'arrivée sans grandes difficultés. Et pourtant...

VIVE
LES GAGNANTES !

Postées derrière la ligne d'**ARRIVÉE**, Nicky, Colette et Violet attendaient impatiemment le passage, désormais imminent, des gagnantes.

– Hé ! s'exclama Shen en rejoignant les trois filles et en désignant une silhouette lointaine. Mais c'est Pam ! Elle est en tête !

– Oui, oui, c'est elle ! cria Colette en battant des mains.

– **IMPOSSIBLE !** tonna Vanilla, catégorique. Regarde mieux, ce doit être Zoé.

À mesure que la première skieuse se rapprochait, Vanilla dut se rendre à l'évidence : c'était bel et bien Paméla !

Un instant plus tard, la jeune fille franchit

la ligne d'**ARRIVÉE**, se classant première de l'épreuve de ski de fond, catégorie «junior dames». Terminant seconde, Paulina rejoignit son amie, d'ores et déjà assaillie par les journalistes désireux d'interviewer les championnes.

DITES... VOUS VOUS ATTENDIEZ À CETTE VICTOIRE ?

Un peu plus loin, Vanilla, accompagnée de Connie et d'Alicia, laissait éclater son **INDIGNATION** :

– Comment se fait-il que Zoé ne soit pas encore là ? Qu'est-ce que cette **FLEMMARDE** a bien pu fabriquer ?!

Furieuse du retard de sa complice, Vanilla

empoigna rageusement son **PORTABLE** et composa le numéro de Zoé. Mais même après plusieurs tentatives, son appel n'aboutit pas. Alicia et Connie échangèrent un regard inquiet : où Zoé pouvait-elle bien se trouver ?

Entre-temps, les garçons avaient commencé à se préparer pour l'épreuve de ski de fond «junior hommes». Parmi eux, Craig s'**ÉCHAUFFAIT** en effectuant des sauts sur place. Lorsque le recteur donna le signal du départ, il fut l'un des premiers à s'**ÉLANCER** et conquit aussitôt la piste.

ÉQUIPE DE SECOURS EN ACTION !

L'épreuve masculine était déjà bien entamée et toutes les **ATHLÈTES** féminines avaient fini par arriver, sauf… Zoé !

– Quelque chose ne va pas ! murmura Pam. Même en skiant très LENTEMENT, elle devrait avoir terminé…

Excédée, Vanilla rétorqua :

– Les garçons la croiseront forcément : le PARCOURS est le même !

Au terme de celui-ci, Craig fut le premier à passer la ligne d'arrivée. Les filles l'entourèrent immédiatement pour le **féliciter**, mais aussi pour lui demander des nouvelles de Zoé.

– L'as-tu aperçue ? s'enquit Paulina.

Le garçon secoua la tête, étonné.

– Non, je ne l'ai **VUE** nulle part sur la piste...
Notant que le soleil déclinait, les Téa Sisters n'eurent plus aucun doute : Zoé s'était égarée. Elles devaient immédiatement se lancer à sa recherche !

Munies d'un **THERMOS** de thé brûlant et de torches, les cinq amies se mirent en marche. Bientôt, il ferait nuit, et le **FROID** deviendrait glacial !

– Elle a dû quitter la piste sans plus réussir à trouver le ▓▓▓▓▓▓▓▓ du retour ! imagina Nicky. Avec toute cette neige, même les endroits les plus familiers sont **MÉCONNAISSABLES** !

– Heureusement que nous avons suivi l'enseignement de Chacal sur les techniques de survie*, sinon on se perdrait aussi ! commenta Violet tandis qu'elles abandonnaient le **SENTIER** balisé pour pénétrer dans la forêt.

*Le séjour de Chacal au collège est raconté dans le livre *Vent de panique à Raxford*.

Tandis que l'ASTRE couchant dardait des rayons orangés sur le paysage enneigé, Pam s'écria :

– Je le savais que nous étions dans la bonne direction ! Il y a des TRACES de pas !

Les Téa Sisters les suivirent, convaincues qu'elles les mèneraient à leur camarade disparue.

– Hé, les filles ! appela soudain Paulina. C'est le BONNET que Zoé portait ce matin !

Pressentant que la jeune fille ne pouvait plus être loin, elles se mirent à crier son nom jusqu'à ce qu'une voix plaintive réponde à une certaine distance.

– À L'AIDE ! JE SUIS ICI !

Elles l'avaient repérée !

Pour tenter de regagner du terrain et atteindre à toute vitesse la ligne d'arrivée, Zoé avait coupé par les bois, mais rapidement son sens de l'**orientation** lui avait fait défaut.

Tandis que Nicky l'enveloppait dans une couverture et que Violet lui tendait une tasse de thé bien CHAUD, Zoé marmonna :

– Participer à cette épreuve aura été la pire des idées !

Vas-y, Colette!

Pour Colette, la nuit qui suivit fut **AGITÉE** : elle ne cessa de passer en revue les sauts et les autres figures qu'elle devait exécuter le lendemain, lors de la première partie de l'*ÉPREUVE* de patinage artistique.

Mais à son réveil, toute appréhension l'abandonna et, une fois parvenue au lac GELÉ, elle se sentit chargée d'une énergie nouvelle.

Les tribunes qui bordaient la piste étaient bondées de spectateurs ENTHOUSIASTES, tandis que celle réservée au **JURY** accueillait madame Ratinsky, Sourya, mademoiselle Plié, le professeur Show et Museth Ratner.

Les **amies** de Colette étaient à ses côtés. Dans ces conditions, quelle que soit la performance de la jeune fille, la journée était d'ores et déjà mémorable !

Colette entra sur la piste en **SOURIANT**.

Les quatre autres Téa Sisters, installées sur les gradins, eurent alors une belle surprise : Colette

avait fondu en un seul morceau deux de ceux que Pam et Paulina avaient sélectionnés dans la compilation qu'elles lui avaient offerte. Sur cet arrière-fond musical alternant les passages RYTHMÉS et ceux plus LENTS, Colette fournit une prestation impeccable.

Impressionnés par sa grâce et son *élégance*, les juges lui attribuèrent des notes très élevées. Elle avait brillamment passé l'épreuve technique : elle n'avait plus qu'à penser à la finale ! Le lendemain, Colette se rendit donc, de bonne heure, au lac pour s'exercer en vue de la présentation du programme libre.

VIVE COLETTE !

– VAS-Y, COLETTE ! TU ES FORMIDABLE !

cria la petite Marina depuis le bord de la piste. La fillette s'était précipitée au collège de Raxford pour assister à l'entraînement de sa monitrice et pour lui offrir un petit **PRÉSENT**. Mais pour le lui remettre, elle devait attendre l'arrivée des **TÉA SISTERS**...

– Nous voici! claironna Violet, lorsque les quatre amies rejoignirent Marina.

– **WAOUH!** s'exclama Colette en patinant vers elles. Violet, Nicky, vous avez une de ces allures! Les deux jeunes filles avaient revêtu la tenue de leur équipe de curling. Cet après-midi-là, en effet, devaient avoir lieu les éliminatoires de leur tournoi, et les **Flocons de neige** étaient décidés à gagner une place en finale!

– Coco, tout le mérite t'en revient : c'est toi qui nous as donné l'idée de la dernière **touche** à notre costume! répondit Nicky.

– C'est pourquoi nous avons décidé de te faire un **CADEAU**... ajouta Paulina.

Les Flocons de neige

Pam exhiba alors le sac qu'elle cachait derrière son dos et lui en découvrit le **contenu**.

Colette resta sans voix : ses camarades lui avaient acheté, pour la seconde partie de sa compétition, une magnifique **tunique** au body ROSE et à la jupe BLEU ciel !

POUR TOI, COCO !

– Les filles… je… je… ne sais pas quoi dire… Je n'ai jamais vu un aussi BEAU costume !

– Et ce n'est pas fini ! renchérit Pam. Pas vrai, Marina ?

La fillette sortit alors de son sac à dos un paquet, qu'elle tendit à Colette.

– Oh, c'est une BARRETTE splendide ! s'émerveilla la jeune fille, très touchée.

Et son ÉMOTION s'accrut quand Marina lui expliqua qu'elle avait fait la barrette de ses propres mains, sans l'aide de personne.

Serrant ses précieux cadeaux, Colette se sentit prête à affronter la finale. Elle savait désormais qu'elle ne serait pas seule sur la piste : elle emporterait avec elle toute l'**AFFECTION** de ses amies ! Soudain, ses craintes s'*ÉVANOUIRENT* : quelle que soit l'issue de la compétition, la véritable récompense était l'*amitié* que les autres Téa Sisters lui témoignaient !

DÉCEPTION ET VICTOIRE

– Bon, je recommence… soupira Colette en se relevant après sa énième **CHUTE**.

Pour bénéficier de quelques heures d'ENTRAÎ-NEMENT supplémentaires, elle avait renoncé à assister à la prestation des Flocons de neige. Comme les cadeaux de ses amies lui étaient allés droit au cœur, elle voulait en effet qu'elles soient FIÈRES d'elle. Mais Colette ne parvenait décidément pas à exécuter le double axel. Elle essayait, réessayait, **TOMBAIT** et, chaque fois,

Aïe !

se remettait sur ses pieds ; mais à la fin elle capitula.

– C'est inutile, je n'y arriverai jamais !

Elle entendit alors un chœur de voix ENJOUÉES qui se rapprochait :

– Et pour les Flocons de neige, hip hip hip…

HOURRA !!!

POUR LES FLOCONS DE NEIGE, HIP HIP HIP… HOURRA !!!

OUIII, SŒURETTE !

Nicky, Violet, Elly et Shen revenaient de leur partie de **CURLING**, en compagnie de Pam, Paulina et Marina. Voyant le petit groupe rayonner d'**ENTHOUSIASME**, Colette demanda :

– Alors, vous avez GAGNÉ ?

– Ouiii, sœurette ! répondit Pam avec exaltation.

– Nous nous sommes qualifiés pour la finale, mais nous devrons y affronter les invin-cibles : ça promet d'être un beau match !

– Et de ton côté, quoi de neuf, Coco ? s'enquit Paulina. Comment s'est passé ton APRÈS-MIDI ?

Soucieuse de ne pas troubler ce moment de joie, Colette tut la DÉCEPTION que lui causait son incapacité à réaliser le saut.

– **PAS MAL !** répondit-elle en souriant. Mais je pense retirer le double axel de ma chorégra-phie... Je ne le réussis pas toujours très bien, et je préfère ne pas prendre le RISQUE de...

– Coco, l'important est que tu te sentes sûre de toi ! intervint Violet.

– Avec ou sans double axel, ton programme sera fantastique ! conclut Nicky.

UN MATCH INOUBLIABLE

Raxford était en fête. Après trois jours de compétition et de divertissement, le collège s'apprêtait à vivre la journée la plus dense en événements et en émotions de ses *JEUX D'HIVER* : celle de la clôture.

Les Flocons de neige gagnèrent à nouveau la piste de curling pour mettre au point leurs tactiques de jeu en vue de la FINALE, tandis que Colette en profitait pour perfectionner sa chorégraphie.

La jeune fille revoyait une dernière fois les enchaînements qu'elle présenterait ce soir-là, lorsque Vanilla rejoignit le lac, revêtue du tapageur *COSTUME* griffé que sa mère, Vissia, lui avait fait confectionner pour le programme libre.

Lorsqu'elle vit Colette s'entraîner, Vanilla *PÂLIT* : elle savait que son adversaire était bonne sur le plan technique, mais elle n'avait pas imaginé qu'elle pût évoluer avec la grâce d'une *danseuse*.

Les prouesses de Colette risquaient vraiment de lui faire de l'*ombre*.

– Salut, Vanilla ! dit Colette en se rapprochant.

Et d'ajouter en délaçant ses patins :

– J'ai terminé : si tu veux, tu peux commencer à **RÉPÉTER** !

– Qu'est-ce que tu me chantes là ? Pas question ! Je n'ai pas la moindre intention de poser un pied sur la glace avant l'arrivée de mon **public** !

PAS QUESTION !

QUEL PUBLIC ?

– Comment ça, ton public ? demanda Colette, PERPLEXE.

– Les journalistes, bien sûr ! Ma mère les a prévenus qu'ils me trouveraient ici, en plein ENTRAÎNEMENT. Ce sera certainement à qui réussira à m'interviewer le premier avant ma victoire de ce soir, répondit Vanilla.

– Sache que toute la *presse* est partie assister à la seconde manche du tournoi de curling : c'est le clou de la matinée. D'ailleurs, j'y vais, moi aussi ! répliqua Colette en saluant **expéditivement** Vanilla.

Restée seule, Vanilla perdit toute son assurance : elle n'arrivait pas à croire qu'une discipline qui

ne présentait pas le moindre intérêt à ses yeux
RUINE ses plans ! Comme de plus elle avait
revêtu le costume élégant mais très léger
censé faire une forte impression sur
les journalistes, elle commençait à
s'ENRHUMER ! Quel désastre !
Entre-temps, les finalistes de
l'épreuve de curling s'étaient mis
en PLACE, et Colette arriva
juste à temps pour entendre le coup
de sifflet de début du match.

ATCHOUM !

L'ambiance était électrique : le public adorait
les deux équipes et les soutenait avec force
acclamations et applaudissements.

Pour l'occasion, Craig, Vik, Ron et Tanja avaient
décidé de rivaliser avec leurs adversaires égale-
ment sur le terrain du look. Ils avaient imaginé
une tenue amusante comportant une courte
cape avec l'inscription « LES INVINCIBLES ».

LES INVINCIBLES

La partie fut riche en émotions et en coups de théâtre. Les Flocons de neige et les Invincibles **luttèrent** pied à pied, se maintenant à égalité jusqu'au moment où le groupe de Violet et Nicky réussit à marquer le point décisif.

Les Flocons de neige gagnèrent ainsi le tournoi!

LE PLAN DE VANILLA

Le soir de la finale de patinage, le lac glacé brillait comme un miroir.

Dans les tribunes s'entassaient spectateurs et journalistes, IMPATIENTS de découvrir les prestations des concurrentes. Vissia de Vissen elle-même, convaincue que sa fille serait la REINE du jour, s'était rendue sur l'île des Baleines à bord de son *hélicoptère*.

Il ne restait que quelques minutes avant le début de la compétition, et tandis que le public finissait de s'installer, Vanilla et Colette patientaient sur un BANC placé au bord de la piste.

– Espérons que tout se passera bien ! soupira tout bas Colette.

En l'entendant, Vanilla se dit qu'elle-même ne se contenterait pas d'espérer : elle voulait ASSURER sa victoire ! Et pour ce faire, il lui suffirait de DISTRAIRE sa rivale un instant…

MMMH…

– Excuse-moi, Colette, j'ai oublié ma brosse à cheveux, tu peux me prêter la tienne ? demanda-t-elle sur un ton INNOCENT.

Lorsque Colette se pencha pour chercher dans son sac, Vanilla se hâta de TAILLER presque entièrement le lacet d'un de ses patins ! Ainsi dès le premier saut, celui-ci lâcherait et la jeune fille TOMBERAIT !

– Maintenant, plus aucun doute : tout ira bien… laissa échapper Vanilla à mi-voix.

– Qu'est-ce que tu dis ? s'enquit Colette.

– Euh… rien ! répondit Vanilla, un tantinet eMBARRASSée. Je disais juste que tu es très élégante !

TOUS EN PISTE !

L'épreuve commença. Aussitôt que Vanilla posa le pied sur la piste, ses amies s'empressèrent de l'encourager.

VAS-Y, VANILLA !

– **VAS-Y, VANILLA !** Tu es la plus forte ! hurlèrent les Vanilla Girls.

Le thème musical que la jeune fille avait choisi était **ALERTE** et ÉNERGIQUE, tout comme ses mouvements. Lorsque Vanilla commença à virevolter sur la glace, tous comprirent que sa prestation serait parmi les *meilleures*.

– Quelle pêche ! s'exclama Museth, qui siégeait à la tribune des juges.

– Cette fille est un véritable VOLCAN ! renchérit Rosalyn Plié.

Le reste du jury fut du même avis : ce programme méritait les plus *hautes* notes !

Vint alors le tour de Colette.

– Allez, Coco ! claironnèrent les Téa Sisters, assises au premier rang pour mieux soutenir leur amie.

Après leur avoir SOURI, Colette prit une profonde inspiration : elle était prête. Pour accompagner son programme libre, elle avait choisi, sur le conseil de Violet, une sonate pour piano à la mélodie *douce* et *raffinée*. Dès qu'en résonna la première note, elle se mit à évoluer sur la glace avec grâce et légèreté.

Mais lorsqu'arriva le moment d'exécuter le premier saut, quelque chose alla de TRAVERS.

Le lacet de l'un de ses patins **CASSA** dans un claquement sonore, et elle trébucha !

– Colette ! s'écrièrent les Téa Sisters en voyant leur amie tomber.

Toutes quatre se **PRÉCIPITÈRENT** auprès d'elle sur la piste.

Une seconde chance

– L'important est que tu ailles bien... dit Paulina à Colette.

– Heureusement, je ne me suis PAS fait mal ! confirma celle-ci à son amie. Mais quel gâchis...

Les Téa Sisters aidèrent leur camarade à se RELEVER.

Le recteur Octave Encyclopédique de Ratis avait convoqué une réunion spéciale du JURY afin de décider comment il convenait de pénaliser Colette pour sa CHUTE. Il ne restait qu'à attendre la fin des délibérations.

– *Me voilà !* dit Museth Ratner en s'approchant des filles.

– Museth ? s'exclama Violet. Qu'avez-vous décidé ? Colette est-elle disqualifiée ?

– Non, tout de même pas, rassurez-vous ! J'ai examiné ses patins et je suis absolument certaine que quelqu'un a tranché son lacet, déclara la championne.

– Colette aurait été **VICTIME** d'un sabotage ? demanda Nicky, surprise.

– Oui, mais nous ne disposons d'aucune preuve

QUELQU'UN A SABOTÉ TES PATINS...

pour identifier le coupable... répondit Museth.

– Moi, j'aurais bien une idée de son identité... fit Pam en décochant un **REGARD** noir à Vanilla, qui se tenait au bord de la piste en ayant l'air de savourer par avance sa VICTOIRE.

– Donc, les juges voudraient que tu repasses l'épreuve, annonça Museth à Colette. Tu es prête ?

– Mais... mes patins sont **CASSÉS** et je n'en ai pas d'autres ! hésita la jeune fille.

– Eh bien, si ! rectifia la sportive en lui tendant un sac. Tu as les miens !

ÎL NE FAUT JAMAÎS CAPÎTULER !

– Ne t'INQUIÈTE pas, Vanilla ! dit Alicia à son amie, qu'elle-même et les autres Vanilla Girls venaient de rejoindre au bord de la piste. Colette ne peut pas te **BATTRE** !

– Évidemment pas ! s'exclama Vanilla, piquée.

– Elle ne pourra jamais compenser la PÉNALITÉ qu'elle a reçue à cause de sa chute !

Pourtant, Vanilla comptait sans l'obstination et la ténacité de Colette.

Une fois sur la glace, celle-ci ne se laissa pas gagner par la **PEUR** de tomber à nouveau : on lui avait accordé une seconde chance, elle était bien décidée à en profiter en donnant le *meilleur* d'elle-même.

_ **VAS-Y, COLETTE ! TU ES LA MEILLEURE !**

s'époumona Marina, assise sur les gradins au milieu des Téa Sisters.

Gagnant le centre de la piste dans un faisceau de **LUMIÈRE** dorée, Colette jeta un coup d'œil à Nicky, Violet, Paulina, Pam et la petite sœur d'Elly. La **confiance** que leurs regards lui inspirèrent l'amena à penser : «Si mes amies CROIENT en moi, ça signifie que je peux y arriver !»

TU GLISSES POUR NOUS !

Elle commença à exécuter sa chorégraphie et, quand arriva le moment du **DOUBLE AXEL**, elle s'élança sans la moindre hésitation.

À la vue de ce saut inattendu, le public lui fit une **OVATION** débridée, tandis que Museth, épatée, se levait pour l'applaudir.

Enfin, les Téa Sisters hurlèrent en chœur :

-BRAVO!!!

Grâce à cette figure, Colette obtint des notes si élevées qu'elles lui permirent, malgré sa faute, d'atteindre le score de Vanilla, avec laquelle elle partagea la première place *ex æquo*.

Colette reçut sa MÉDAILLE avec une grande émotion. Elle prit alors la parole :

– Je dédie cette victoire aux **TÉA SISTERS**, mes amies, ou bien plus que cela... mes sœurs !

TABLE DES MATIÈRES

AMBIANCE HIVERNALE 7

BATAILLES DANS LA NEIGE ! 11

TOUS EN PISTE ! 18

UNE INVITÉE INATTENDUE 23

RONDE SUR LA GLACE 28

UNE IDÉE FANTASOURISTIQUE ! ... 35

QUE LES PRÉPARATIFS
COMMENCENT ! 40

UN PEU DE COURAGE ! 46

UN CADEAU... MÉLODIEUX 52

LES FLOCONS DE NEIGE 56

Un conseil important   61

Le grand jour   67

Prêts, feu... partez !   73

Vive les gagnantes !   79

Équipe de secours
en action !   83

Vas-y, Colette !   87

Déception et victoire   94

Un match inoubliable   98

Le plan de Vanilla   104

Tous en piste !   107

Une seconde chance   111

Il ne faut jamais
capituler !   114

Geronimo Stilton

DANS LA MÊME COLLECTION

1. Le Sourire de Mona Sourisa
2. Le Galion des chats pirates
3. Un sorbet aux mouches pour monsieur le Comte
4. Le Mystérieux Manuscrit de Nostraratus
5. Un grand cappuccino pour Geronimo
6. Le Fantôme du métro
7. Mon nom est Stilton, Geronimo Stilton
8. Le Mystère de l'œil d'émeraude
9. Quatre Souris dans la Jungle-Noire
10. Bienvenue à Castel Radin
11. Bas les pattes, tête de reblochon !
12. L'amour, c'est comme le fromage...
13. Gare au yeti !
14. Le Mystère de la pyramide de fromage
15. Par mille mimolettes, j'ai gagné au Ratoloto !
16. Joyeux Noël, Stilton !
17. Le Secret de la famille Ténébrax
18. Un week-end d'enfer pour Geronimo
19. Le Mystère du trésor disparu
20. Drôles de vacances pour Geronimo !
21. Un camping-car jaune fromage
22. Le Château de Moustimiaou
23. Le Bal des Ténébrax
24. Le Marathon du siècle
25. Le Temple du Rubis de feu
26. Le Championnat du monde de blagues
27. Des vacances de rêve à la pension Bellerate
28. Champion de foot !
29. Le Mystérieux Voleur de fromage
30. Comment devenir une super souris en quatre jours et demi
31. Un vrai gentilrat ne pue pas !
32. Quatre Souris au Far West
33. Ouille, ouille, ouille... quelle trouille !
34. Le karaté, c'est pas pour les ratés !
35. L'Île au trésor fantôme
36. Attention les moustaches... Sourigon arrive !
37. Au secours, Patty Spring débarque !
38. La Vallée des squelettes géants
39. Opération sauvetage
40. Retour à Castel Radin
41. Enquête dans les égouts puants
42. Mot de passe : Tiramisu
43. Dur dur d'être une super souris !
44. Le Secret de la momie
45. Qui a volé le diamant géant ?
46. À l'école du fromage
47. Un Noël assourissant !
48. Le Kilimandjaro, c'est pas pour les zéros !

49. Panique au Grand Hôtel
50. Bizarres, bizarres,
   ces fromages !
51. Neige en juillet, moustaches
   gelées !
52. Camping aux chutes
   du Niagara
53. Agent secret Zéro Zéro K
54. Le Secret du lac disparu
55. Kidnapping chez
   les Ténébrax !
56. Gare au calamar !
57. Le vélo, c'est pas pour
   les ramollos !
58. Expédition dans les collines
   Noires
59. Bienvenue chez
   les Ténébrax !
60. La Nouvelle Star de Sourisia
61. Une pêche extraordinaire !
62. Jeu de piste à Venise

• Hors-série
   Le Voyage dans le temps
   (tome I)
   Le Voyage dans le temps
   (tome II)
   Le Voyage dans le temps
   (tome III)
   Le Royaume de la Fantaisie
   Le Royaume du Bonheur
   Le Royaume de la Magie
   Le Royaume des Dragons
   Le Royaume des Elfes
   Le Secret du courage
   Énigme aux jeux Olympiques

• Téa Sisters
   Le Code du dragon
   Le Mystère de la montagne rouge
   La Cité secrète
   Mystère à Paris
   Le Vaisseau fantôme
   New York New York !
   Le Trésor sous la glace
   Destination étoiles
   La Disparue du clan MacMouse
   Le Secret des marionnettes
   japonaises
   La Piste du scarabée bleu
   L'Émeraude du prince indien
   Vol dans l'Orient-Express

• Le Collège de Raxford
   Téa Sisters contre Vanilla Girls
   Le Journal intime de Colette
   Vent de panique à Raxford
   Les Reines de la danse
   Un projet top secret !
   Cinq amies pour un spectacle
   Rock à Raxford !
   L'Invitée mystérieuse
   Une lettre d'amour bien
   mystérieuse

• Les classiques racontés par
   Geronimo Stilton
   Robin des Bois
   L'Île au trésor
   Le Livre de la jungle
   Peter Pan
   Alice au pays des merveilles
   Robinson Crusoé

ÎLE
DES BALEINES

L'île des Baleines

1. Pic du Faucon
2. Observatoire astronomique
3. Mont Ébouleux
4. Installations photovoltaïques pour l'énergie solaire
5. Plaine du Bouc
6. Pointe Ventue
7. Plage des Tortues
8. Plage Plageuse
9. Collège de Raxford
10. Rivière Bernicle
11. *L'Antique Cancoillotterie,* restaurant et siège des *Messageries Ratiques – Transports maritimes*
12. Port
13. Maison des Calamars
14. *Zanzibazar*
15. Baie des Papillons
16. Pointe de la Moule
17. Rocher du Phare
18. Rochers du Cormoran
19. Forêt des Rossignols
20. Villa Marée, laboratoire de biologie marine
21. Forêt des Faucons
22. Grotte du Vent
23. Grotte du Phoque
24. Récif des Mouettes
25. Plage des Ânons

1. Terrain de jeux
2. Appartements des professeurs
3. Club des Lézards noirs
4. Jardin
5. Tour du Sud
6. Club des Lézards verts
7. Bureau du recteur
8. Jardin des herbes aromatiques
9. Tour du Nord
10. Réfectoire
11. Amphithéâtre
12. Escalier des cartes géographiques